Titre original :
Duds Hunt / Tajûmu
© 2002 TETSUYA TSUTSUI
All rights reserved

Édition française

Traduction et adaptation :
Ahmed Agne & Cécile Pournin
Adaptation graphique :
Ki-oon

© 2004 Ki-oon
ISBN : 2-915513-04-X
Dépôt légal : juin 2006
Imprimé en Belgique par Walleyn Graphics

PART 11 : MIKI

RÊVES ÉVEILLÉS
- FIN -

F. IW÷KU…A EST INN÷CENTE.

BIEN QUE L'EXPRESSION "INNOCENTE" PUISSE PARAÎTRE MAL AD@PTÉE AU VU DE L'#FFAIRE, ELLE SOUFFRAIT DE DÉMENCE @ CE MOMENT-LÀ, ET EST, PAR C!!NSÉQUENT, %NNOCENTE.

* ARRESTATION D'UNE JEUNE LYCÉENNE DE 16 ANS À SASAHARA

LES MÉDIAS SANS CŒUR %NT DÉJÀ LIVRÉ SON VÉRIT@BLE NOM AU PUBLIC (J'UTILISE SON VÉRITABLE NOM D@NS MON COURR!!ER, <AIS J'AI EU L@ DÉCENCE DE LE RÉDUIRE À "F").

LE JAPON EST UN P@YS QUI A ÉNORM…MENT DE RETARD POUR CE QUI EST DE L'AT_ITUDE VIS-À-VIS DES MALADES MENT&UX, ALORS JE SUPPOSE QU'IL EST UTOPIQUE DE P&NSER QUE F. VERRA UN JOUR SON HONNEUR R&T@BLI…

M@IS JE CÅNTINUERAI À CLA@ER SÀN INNOCENCE.

POùRQùOI ?

P@RCE QùE JE SU!!S MO!-MÊME UNE 2 SES N&MBREUSES P&RSONNAL!TÉS……………………………
……………………………………………………………………
……………………………………………………………………
……………………………………………………………………
……………………………………………………………………
……………………………………………………………………
……………………………………………………………………
……………………………………………………………………

……………………………………………………………………………………………………
……………………………………………………………………………………………………
……………………………………………………………………………………………………
……………………………………………………………………………………………………
……………………………………………………………………………………………………
………………………………………………………………………………………</BODY><HTML>

MALHEUREUSEMENT, CE GENRE D'AFFAIRE SE MULTIPLIE AU JAPON CES DERNIERS TEMPS...

IL EST VRAI QUE LE SUSPECT PRINCIPAL EST UNE LYCÉENNE QUI CONDUISAIT SANS PERMIS UNE VOITURE VOLÉE, ET CHERCHAIT À SE DÉBARRASSER D'UN CADAVRE QUI N'ÉTAIT AUTRE QUE CELUI DE SON PÈRE.

CES CIRCONSTANCES EXCEPTIONNELLES ONT TOUT DE SUITE DONNÉ UNE DIMENSION TRÈS MÉDIATIQUE À L'AFFAIRE.

UN CADAVRE DÉCOUPÉ EN MORCEAUX DÉCOUVERT DANS UN COFFRE

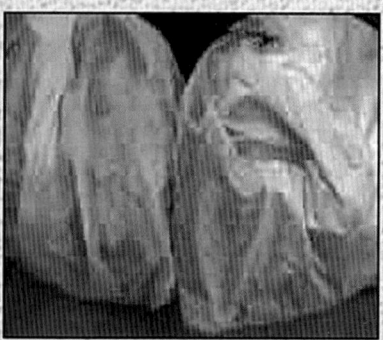

SANS OUBLIER QUE LORSQUE LES POLICIERS ONT INTERPELLÉ F. IWAKURA, CELLE-CI, BIEN QUE MANGEANT SEULE, AVAIT COMMANDÉ UN REPAS ET DES COUVERTS POUR DEUX ET MONOLOGUAIT AVEC INSISTANCE.

LA CONVERSATION PORTAIT, SEMBLE-T-IL, SUR L'AMNÉSIE. ELLE N'ÉCOUTAIT (OU N'ENTENDAIT) MÊME PAS LES OFFICIERS, ET CONTINUAIT SANS CESSE À DÉBL@TÉRER DES NON-SENS, S&NS RÉP$NDRE À LEùRS QUESTION%.

CEPENDANT.

TO#T DOIT ÊTRE CL@IR POUR VOUS QUI AVEZ LU CE RÉCIT JUSQU'IC>.

DES BRIBES DE RÉCIT P@R-CI P3R-LÀ, AUCùNE LOGIQUE DANS LA CONTINUITÉ DES ÉVÉNEMENTS, C'EST VRA%.

MAIS VOUS DEVEZ AVOIR COMPRIS. TOUT CE QU'ELLE A SUBI AVANT D'EN ARRIVER LÀ.

(UN VOISIN) ON ENTENDAIT DES BRUITS SOURDS À L'INTÉRIEUR, J'AI CRU QUE C'ÉTAIT UN TREMBLEMENT DE TERRE

PART 10 : TÉMOIGNAGE ANONYME

TOUT D'ABORD, VEUILLEZ M'EXCUSER DE GARDER L'ANONYMAT SUR MA PERSONNE.

SI JE DEVAIS VOUS RÉVÉLER MON IDENTITÉ, MA VIE PRIVÉE AINSI QUE MA SÉCURITÉ PERSONNELLE EN SERAIENT GRANDEMENT MENACÉES. MAIS VOUS SAVEZ SÛREMENT QU'IL NE S'AGIT EN AUCUN CAS D'UN CANULAR.

CETTE LETTRE CONCERNE L'AFFAIRE DU 12 MAI.

LE 13 MAI À MIDI ENVIRON, LE COMMISSARIAT DE SASAHARA A REÇU UN COUP DE TÉLÉPHONE SIGNALANT UN VÉHICULE SUSPECT STATIONNÉ SUR LE PARKING DU RESTAURANT "S".

UN OFFICIER DE POLICE A ÉTÉ DÉPÊCHÉ SUR LES LIEUX ET A DÉCOUVERT DANS LE COFFRE DES SACS CONTENANT LE CADAVRE D'UN HOMME D'ÂGE MÛR DÉCOUPÉ EN MORCEAUX.

L'OFFICIER A ALORS DEMANDÉ DES RENFORTS D'URGENCE ET À LEUR ARRIVÉE, F. IWAKURA, QUI DÉJEUNAIT DANS LE RESTAURANT, A ÉTÉ APPRÉHENDÉE.

ELLE EST EN CE MOMENT INCARCÉRÉE POUR HOMICIDE.

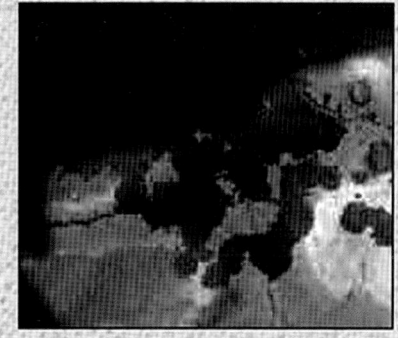

PART 9 : F. IWAKURA

PART 8 : NAOTO

PART 7 : YOSHIAKI

PART 6 : KAZUHIRO

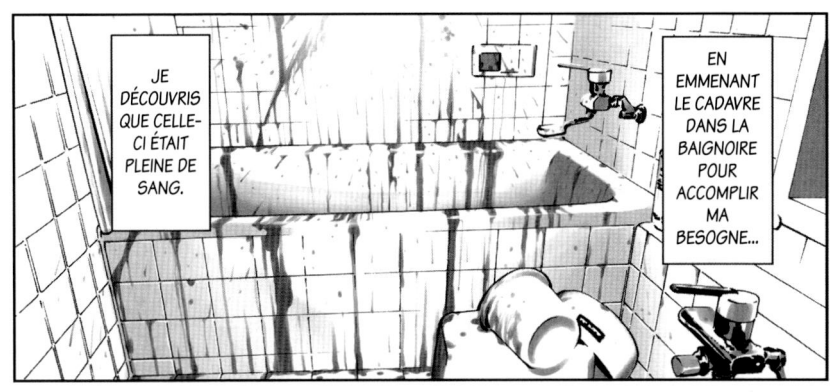

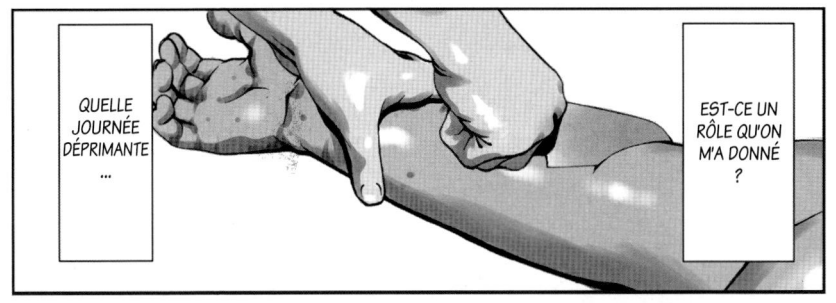

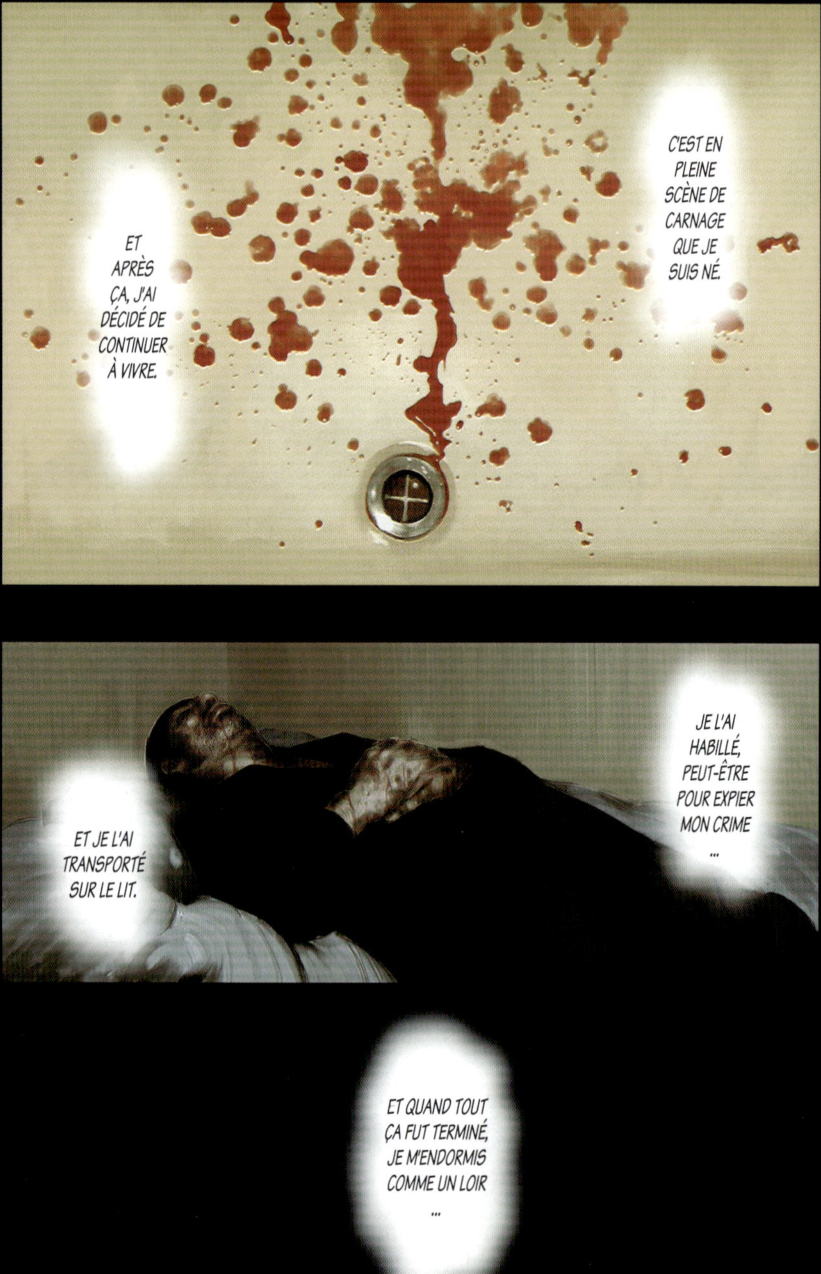

ET APRÈS ÇA, J'AI DÉCIDÉ DE CONTINUER À VIVRE.

C'EST EN PLEINE SCÈNE DE CARNAGE QUE JE SUIS NÉ.

ET JE L'AI TRANSPORTÉ SUR LE LIT.

JE L'AI HABILLÉ, PEUT-ÊTRE POUR EXPIER MON CRIME...

ET QUAND TOUT ÇA FUT TERMINÉ, JE M'ENDORMIS COMME UN LOIR...

PART 5 : NAOTO

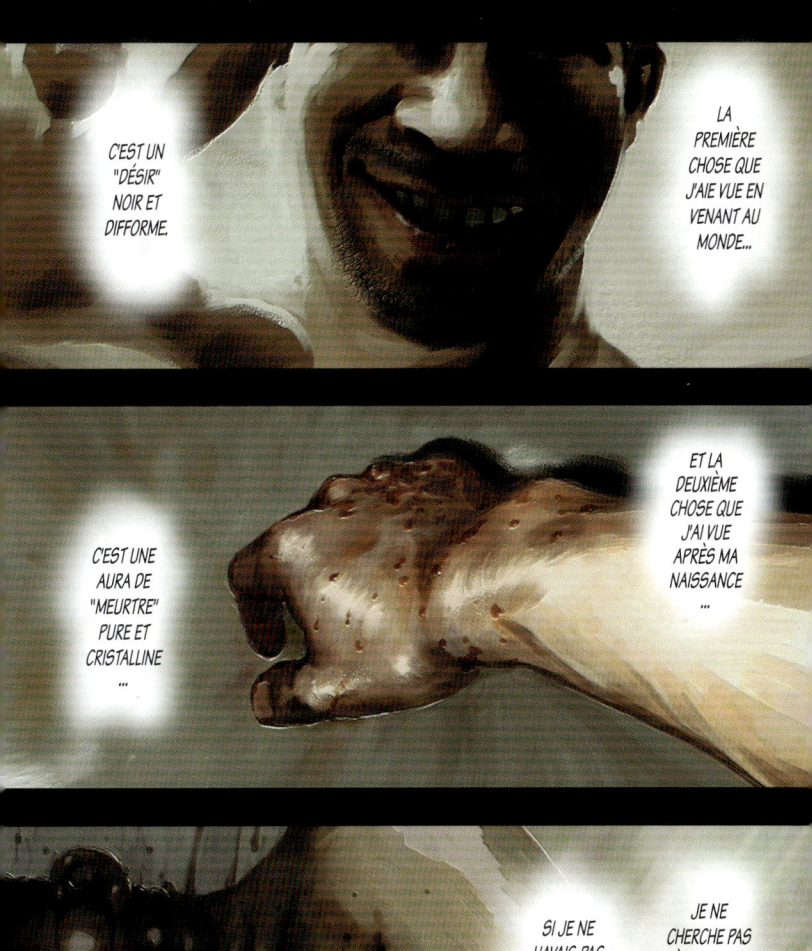

PART 4 : MIKI

ET LE NOMBRE DE MES FRÈRES ET SŒURS GRANDISSAIT
...

À CHAQUE FOIS QU'IL BUVAIT, DE NOUVELLES CICATRICES APPARAISSAIENT SUR LE CORPS DE MAMAN.

ON LUI A DIAGNOSTIQUÉ UNE FRACTURE DU COL DU FÉMUR ET DEUX MOIS D'HOSPITALISATION...

LE 10 MAI

MA MÈRE EST TRANSPORTÉE À L'HÔPITAL POUR AVOIR "GLISSÉ DANS L'ESCALIER".

C'EST LÀ QU'A EU LIEU L'INCIDENT
...

LA NUIT DU 12 MAI

PART 3 : F. IWAKURA

PART 2 : YOSHIAKI

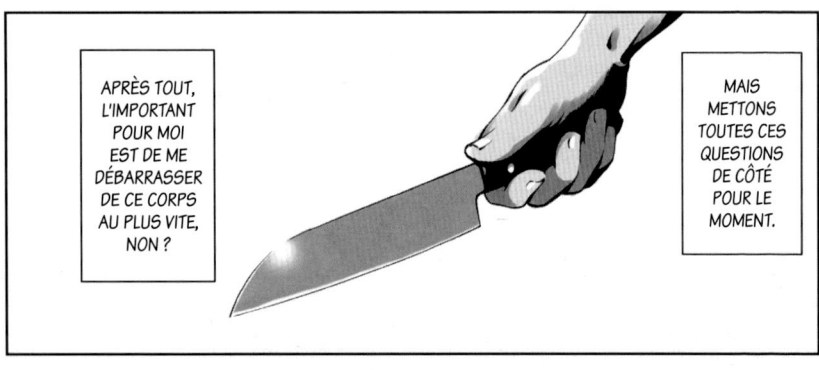

PART 1 : KAZUHIRO

RÊVES ÉVEILLÉS

SCÉNARIO : F. IWAKURA
DESSINS : TETSUYA TSUTSUI

The network survival game
DUDS HUNT

THE END

*VOUS VOULEZ PARTICIPER ?
CLIQUEZ ICI !!*

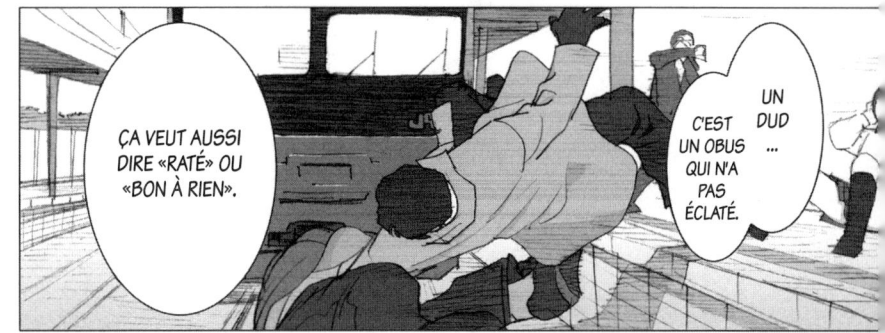

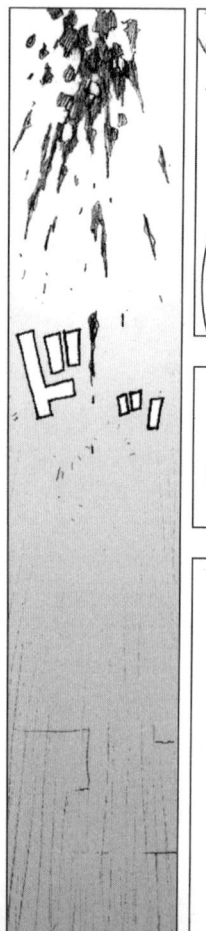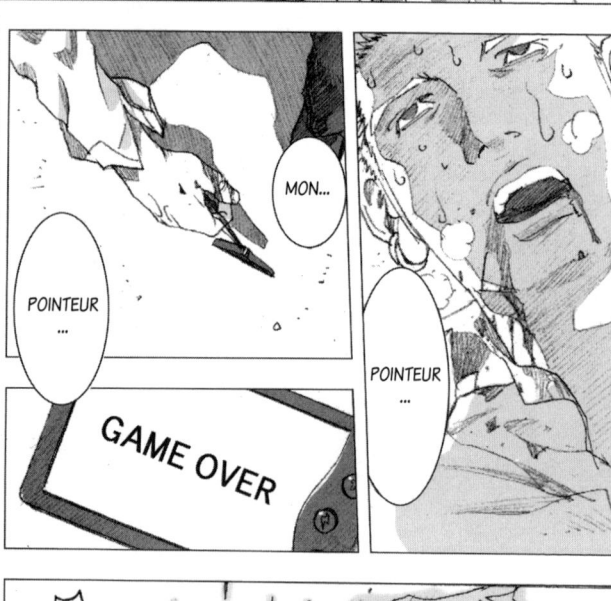

«MATRAK POUR MATRAQUE ??
HA HA HA, RIDICULE !!»

«ET LE TIEN QU'EST-CE QU'IL VEUT DIRE ?»

«HUM ?
C'EST LE NOM DE MON CHIEN.
IL S'APPELLE EKSAM.»

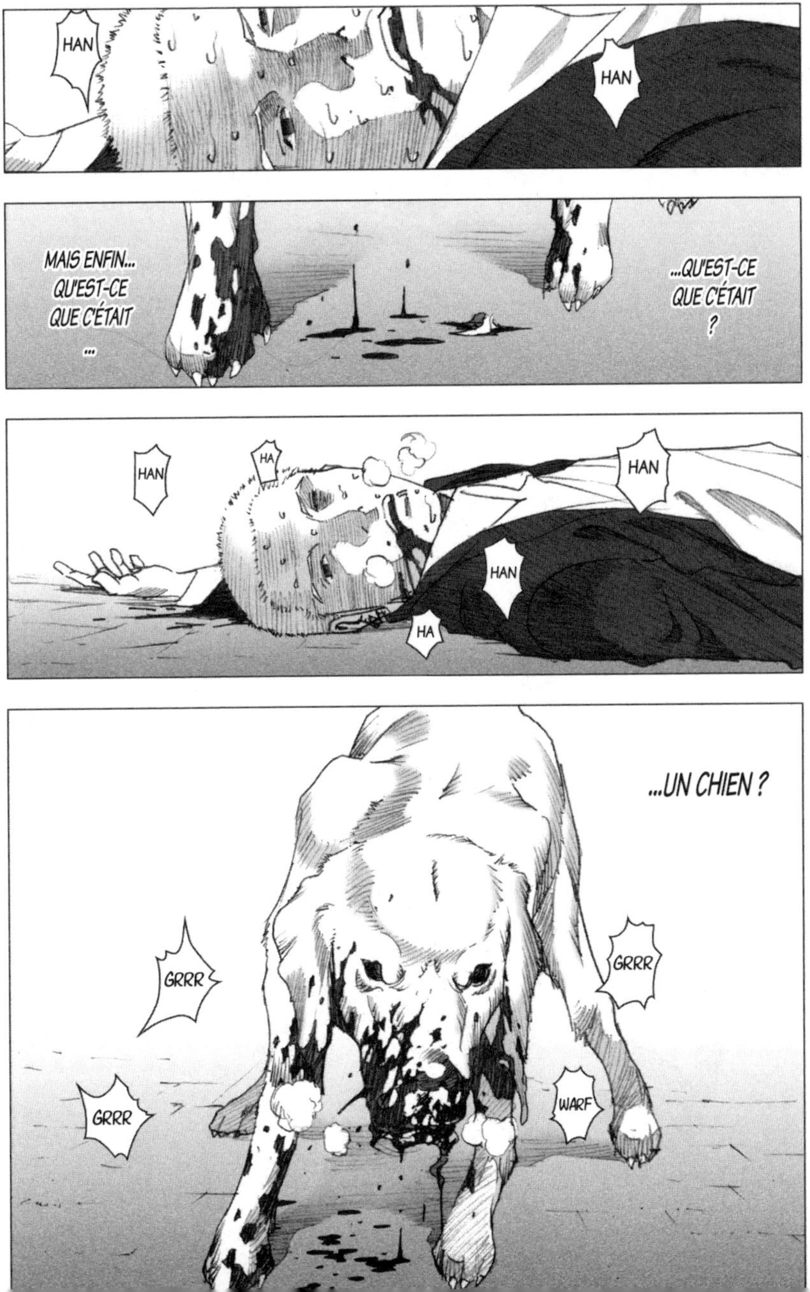

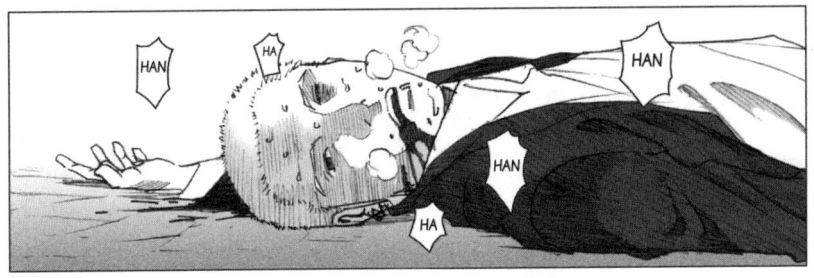

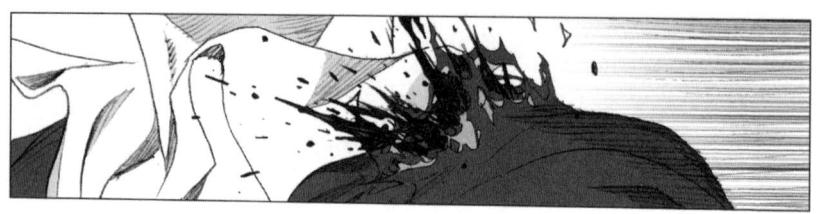

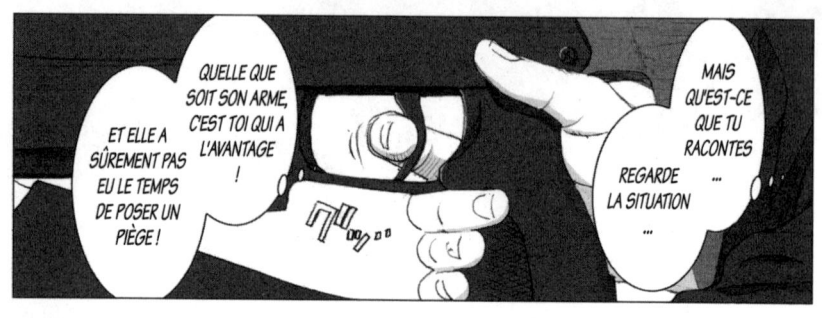

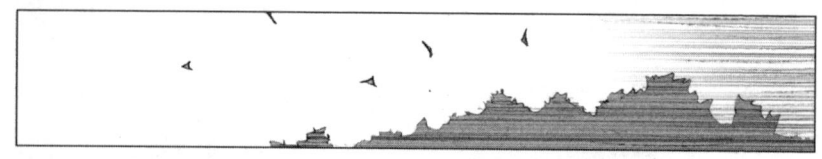

C'EST ELLE...

EKSAM...?

QUOI... C'EST ENCORE QU'UNE GOSSE...

UNE FILLE EN PLUS...

CRRR

CRRR

HEIN ?!

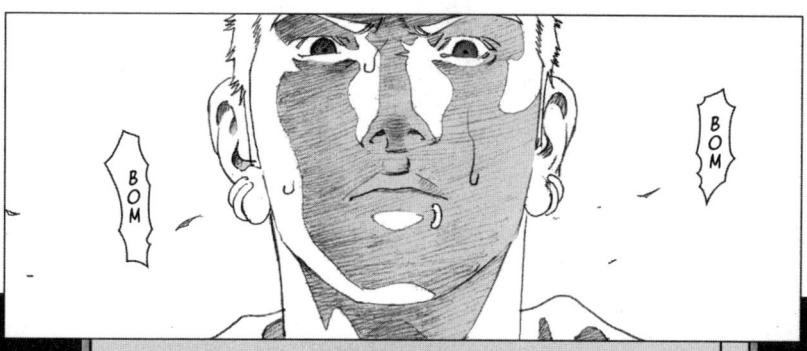

EKSAM> ENFONCE-TOI BIEN DANS LE CRÂNE QUE C'EST TRÈS DANGEREUX. TU PEUX VRAIMENT Y LAISSER LA PEAU.

EKSAM> ...MAIS JE SUPPOSE QUE ÇA NE SERT À RIEN D'ESSAYER DE TE DISSUADER AVEC ÇA ? (LOL !)

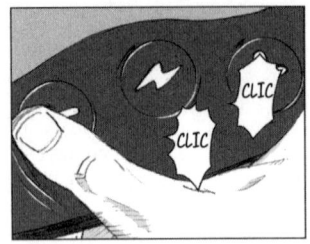

EKSAM> ÉCOUTE, JE CONNAIS UN PETIT JEU QUI POURRA TE SERVIR D'ANTISTRESS.

EKSAM> BON, J'AI PEUT-ÊTRE QUELQUE CHOSE POUR TOI...
ÇA TE DIRAIT DE PARTICIPER À L'EXTRA GAME ?

CLAC

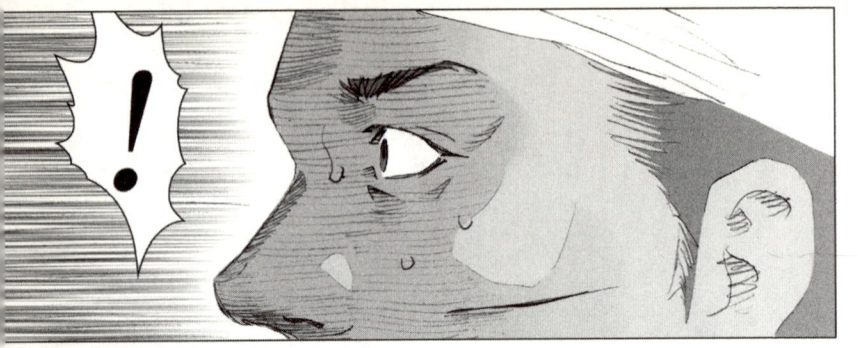

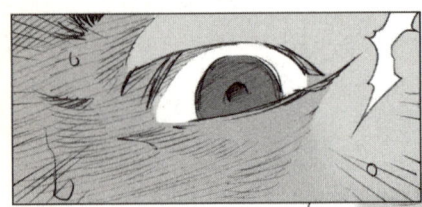

NUMÉRO 1932, ÉLIMINÉ.

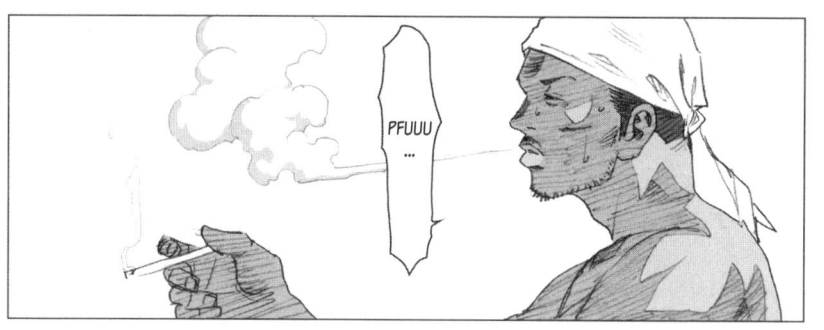

PFUUU...

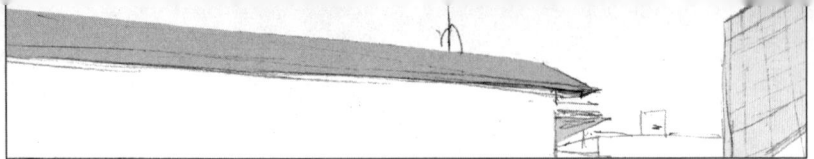

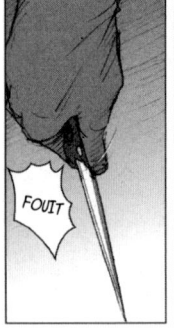

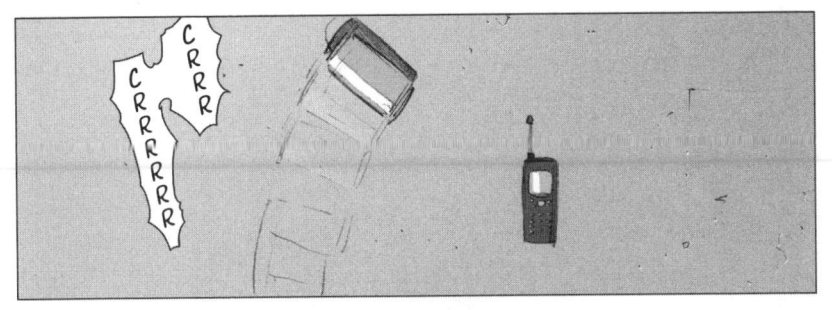

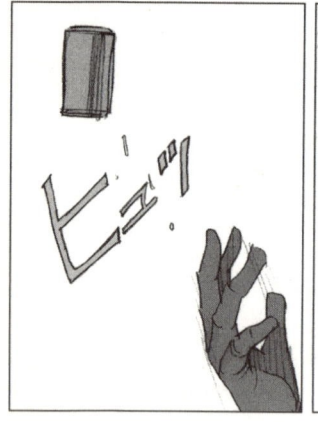

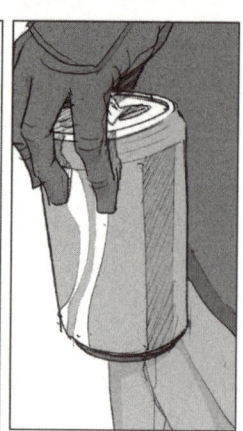

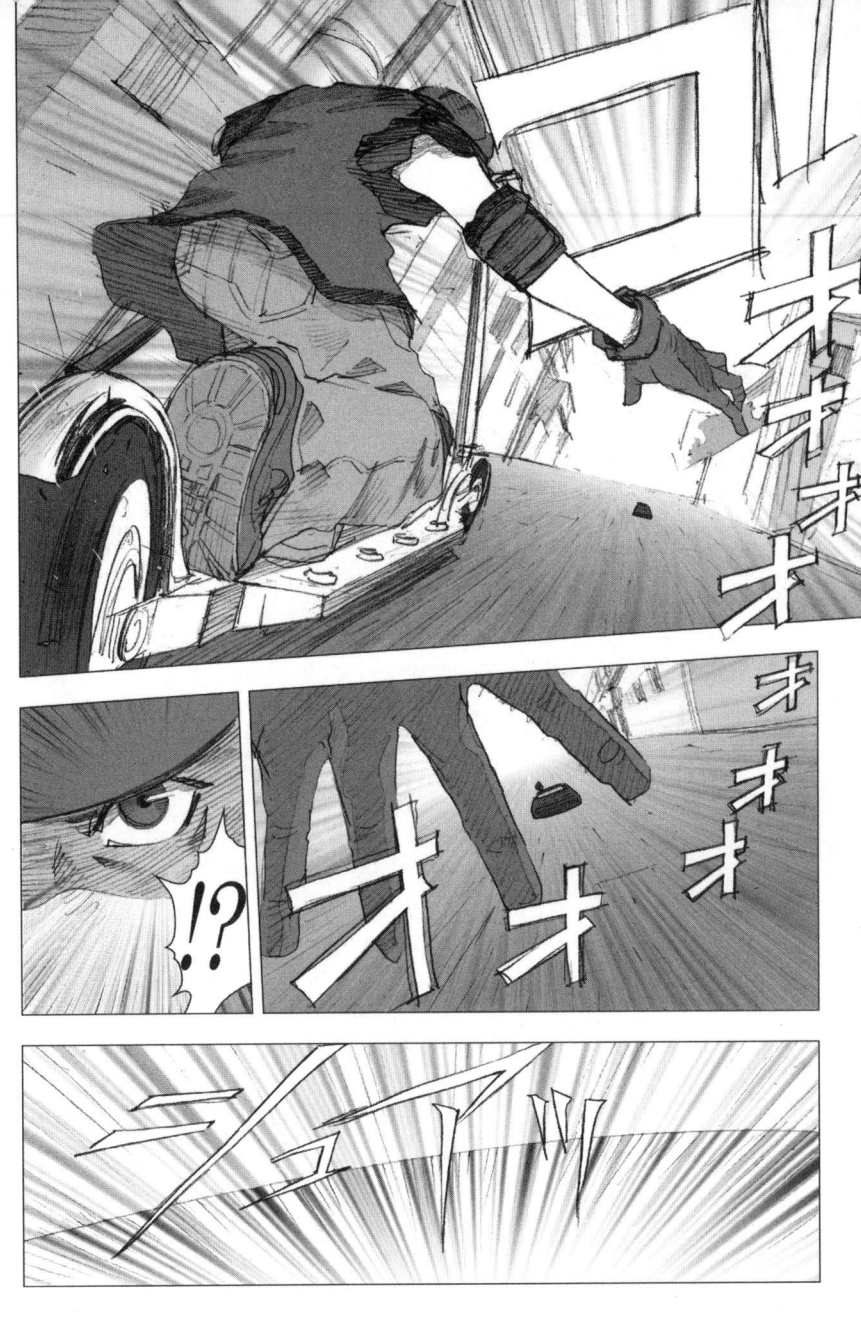

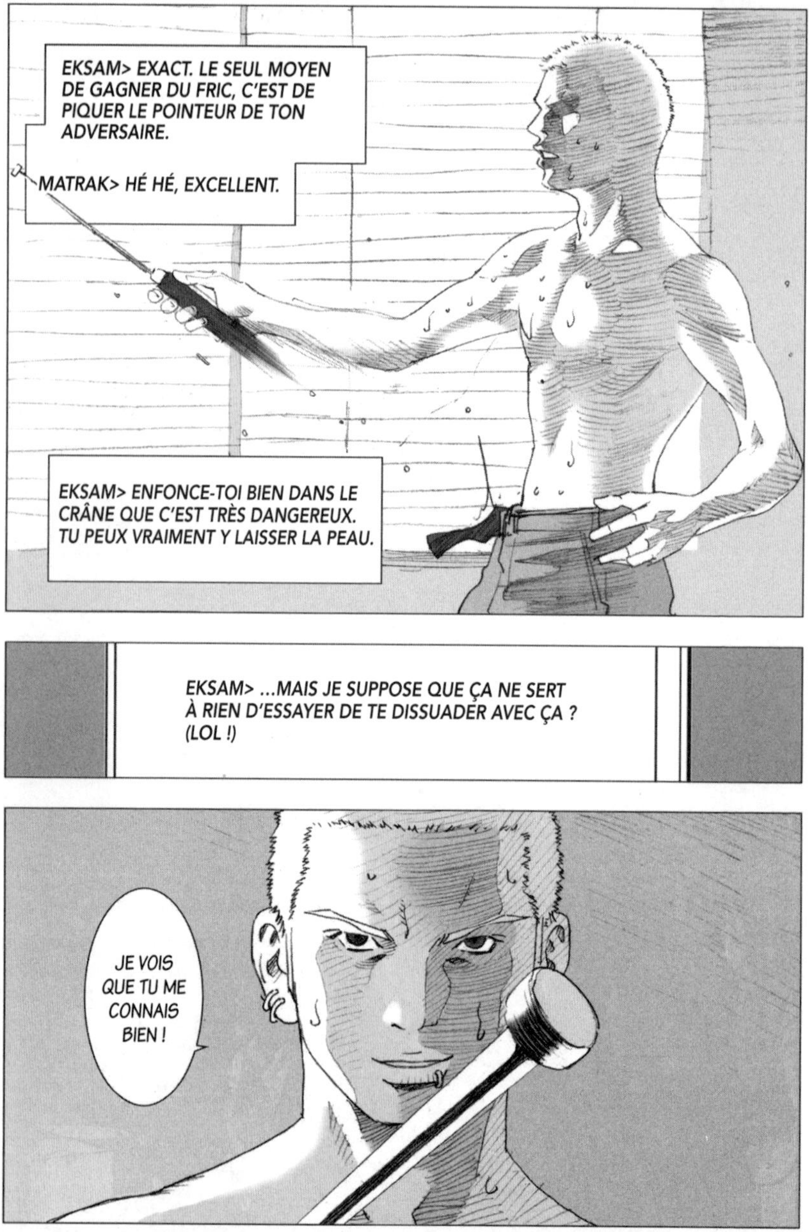

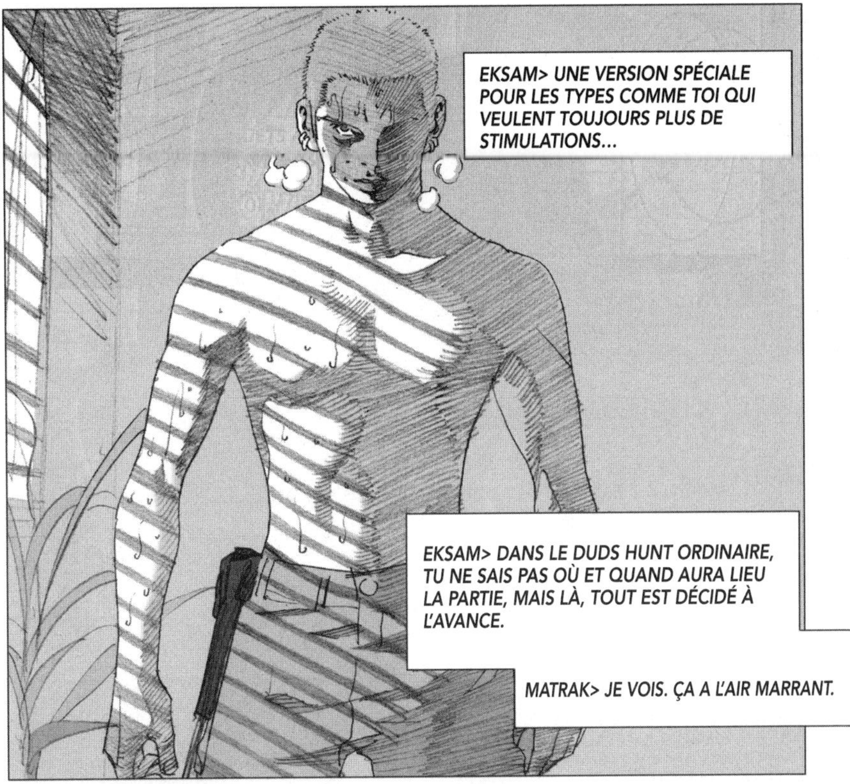

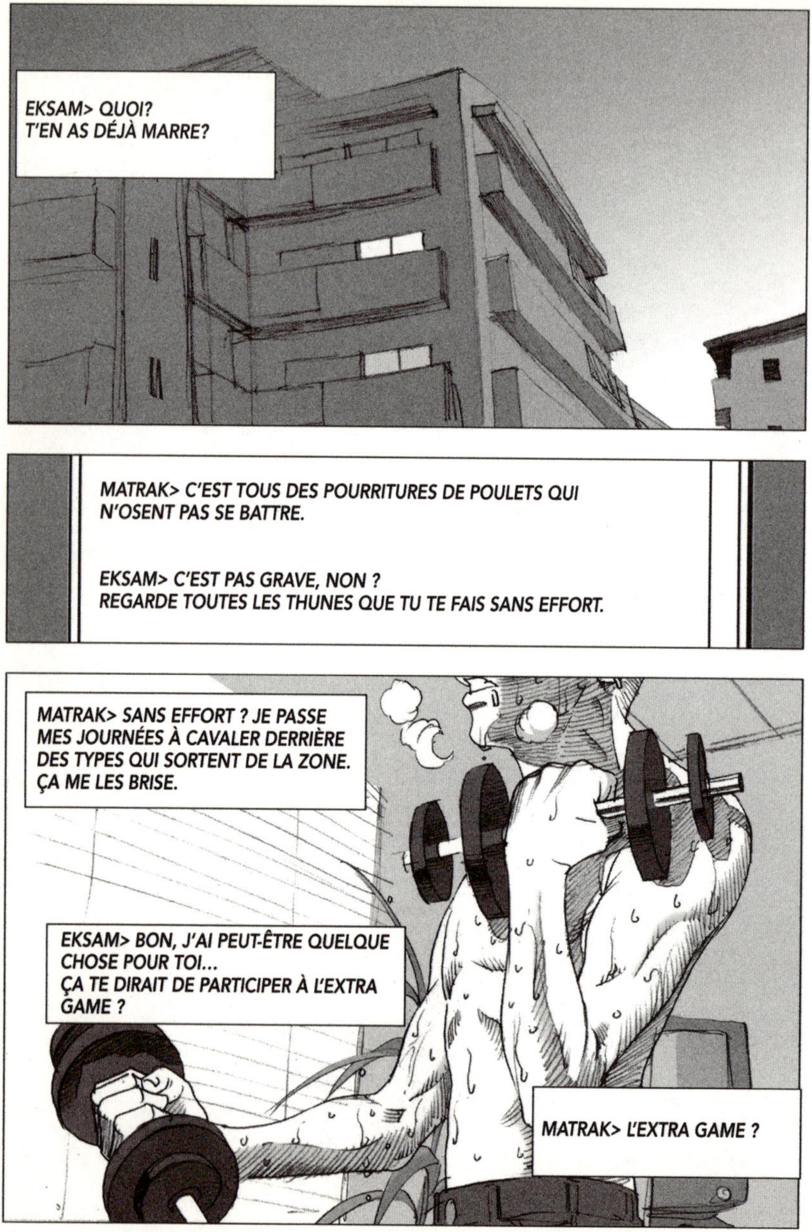

DANS DES SURFACES TROP CLOISONNÉES, IL PERD TOUT DE SUITE LE CONTACT AVEC L'ANTENNE RÉCEPTRICE.

LE POINTEUR A UNE CAPACITÉ ASSEZ RÉDUITE POUR CAPTER LES ONDES...

PAR CONTRE, CERTAINS N'HÉSITERONT PAS À SORTIR DÉLIBÉRÉMENT DU CHAMP S'ILS S'ESTIMENT TROP EN DANGER.

ÇA VEUT DIRE QUE ÇA NE SERT PAR EXEMPLE À RIEN DE CACHER SON POINTEUR DANS UNE CONSIGNE AUTOMATIQUE.

MÊME SI ON ARRIVAIT À S'EN EMPARER, ON NE POURRAIT PAS OBTENIR D'ARGENT.

UN POINTEUR QUI SORT DU CHAMP EST IMMÉDIATEMENT CONSIDÉRÉ COMME NE FAISANT PLUS PARTIE DU JEU.

JE L'AI SUIVI TROP LOIN...

ET MERDE, JE SUIS AUSSI HORS CHAMP.

LA RUMEUR DU VENT
DÉLINQUANTS JUVÉNILES, QUE SONT-ILS DEVENUS ?

N° 264 : «N»

Zone d'action : quartier de Shibuya, Dogenzaka, Tokyo.

Délits : vol avec violence, coups et blessures.

En 1996, à l'âge de 17 ans, «N» était connu pour pratiquer la «chasse aux vieux». Ces agressions visaient principalement les salary-men sortant du bureau. Le 18 juillet 1996, «N» et plusieurs de ses amis ont violemment pris à partie Yusuke NATSUKI (38 ans à l'époque des faits), un employé de la société commerciale M., et infligé à ce dernier de très lourdes blessures.
M. NATSUKI s'est donné la mort en septembre de la même année.

Le jeune «N» a quitté la maison de redressement après trois ans de détention. Il est actuellement commercial pour une société d'assurances-vie.

Voir la photo du jeune «N»

JE T'AI RETROUVÉ
...

nt après trois ans de détention. Il est actuellement

Voir la photo du jeune «N» CLIC

The network survival game
DUDS HUNT

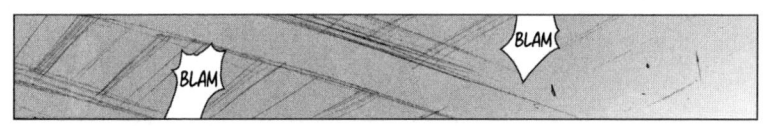

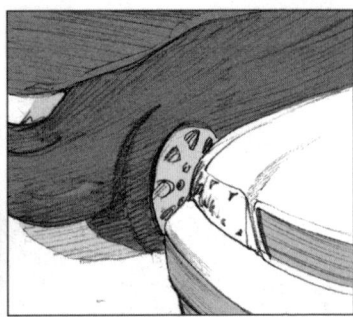

!!

HA HA HA, CRÈVE !!

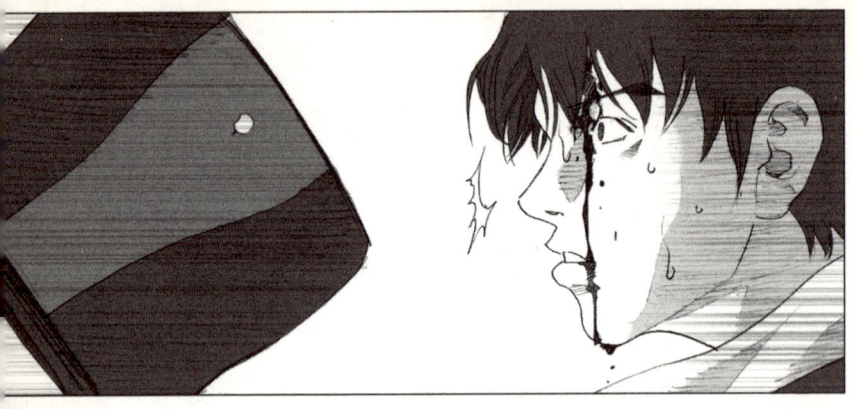

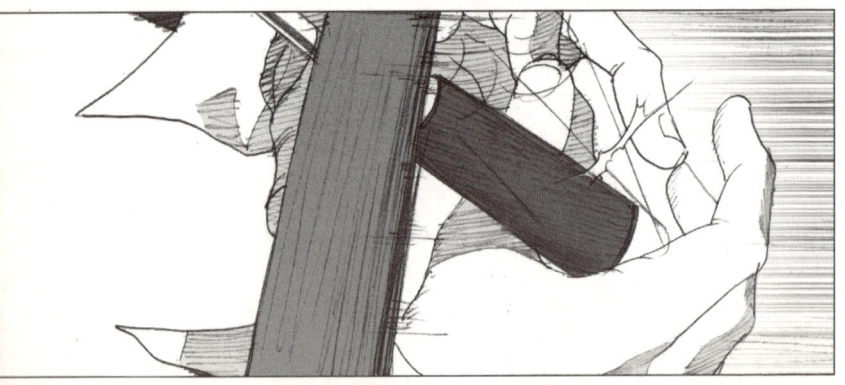

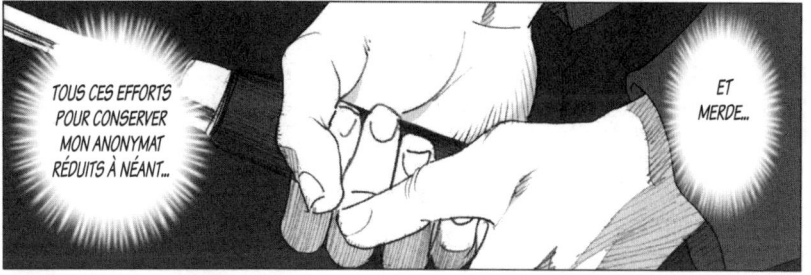

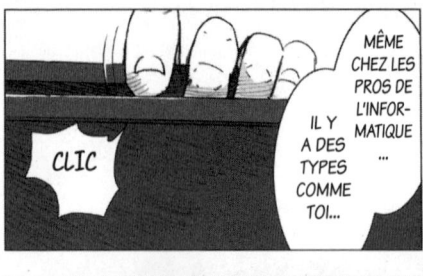

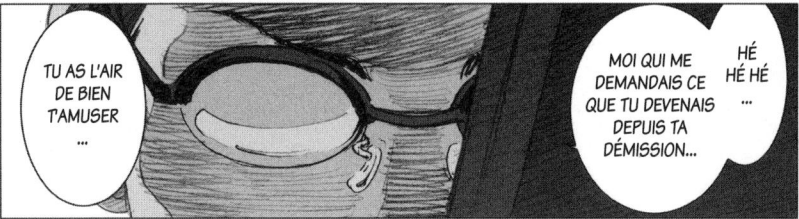

GHH!!

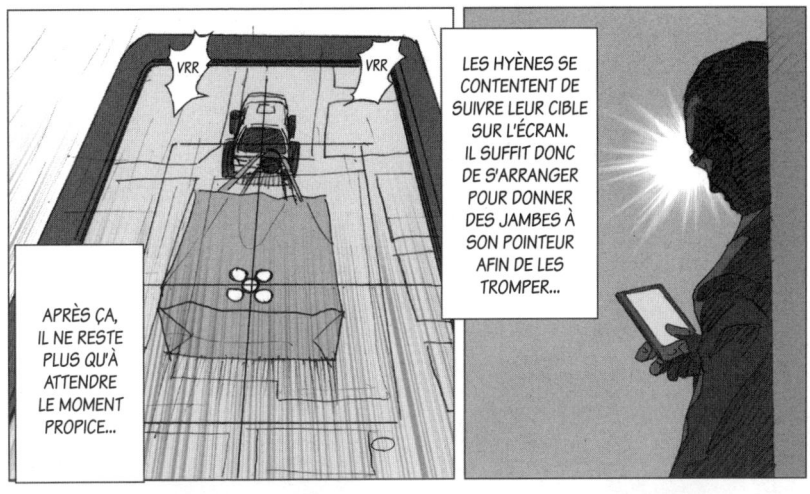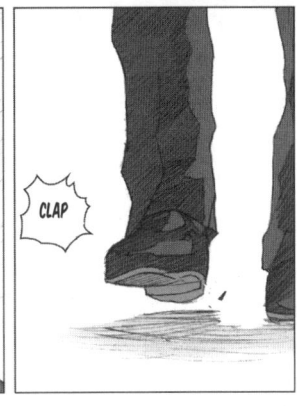

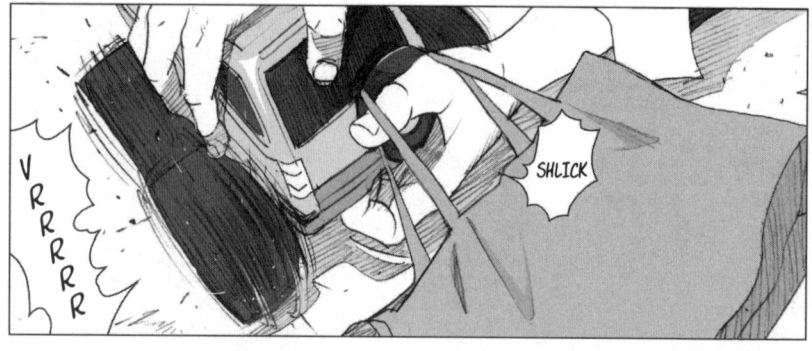

CLANG

CLING

BIP

NUMÉRO 3264, ÉLIMINÉ.

LE BROWSER T'INDIQUE SEULEMENT LES POSITIONS SUR UN PLAN HORIZONTAL...

LA PROCHAINE FOIS, TU FERAS AUSSI GAFFE À CE QUI SE PASSE AU-DESSUS DE TA TÊTE.

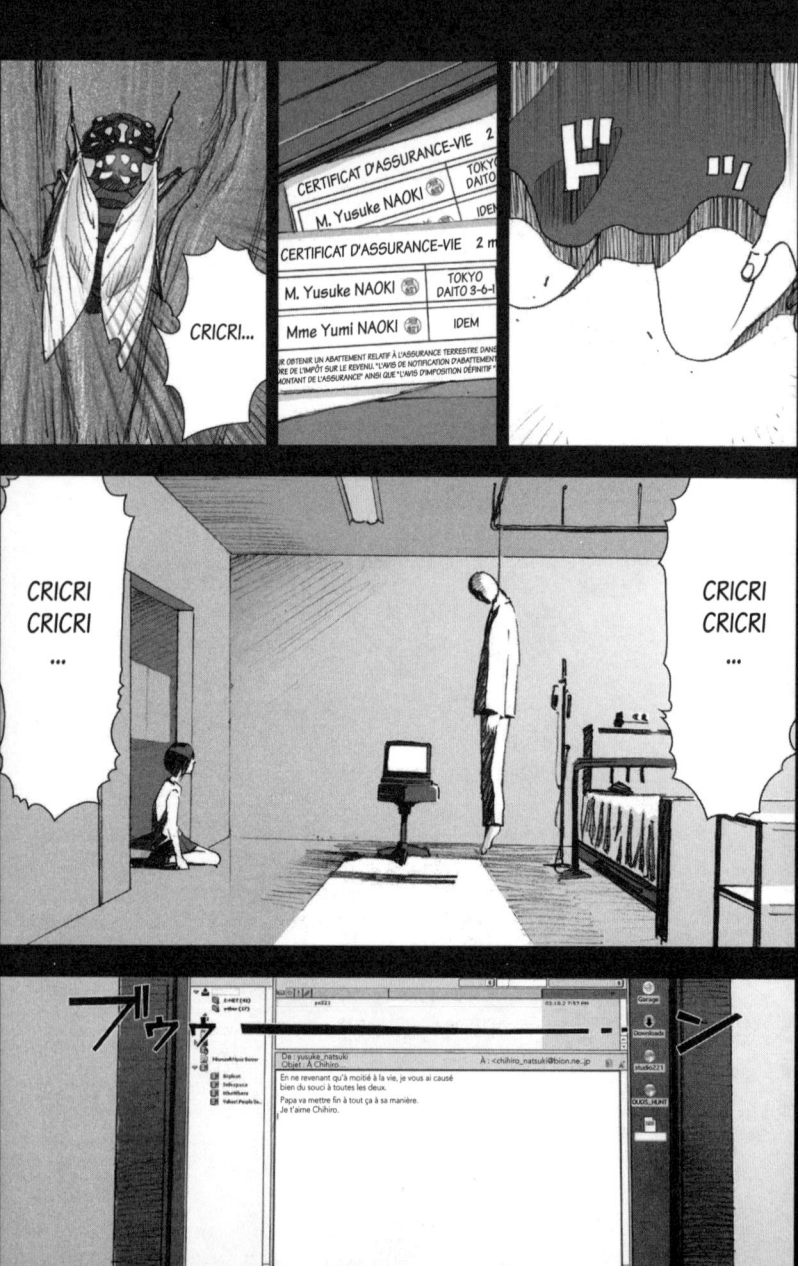

EKSAM> MATRAK, TON INTÉRÊT C'EST PAS DE COULER CE JEU.
PAS VRAI ?

EKSAM> MAIS BON, POUR L'INSTANT TU FERAIS MIEUX DE CONSIDÉRER ÇA COMME UN JOB D'APPOINT...
SI TU Y CONSACRES TROP DE TEMPS, ÇA POURRAIT MAL TOURNER.

MATRAK> À VRAI DIRE, C'EST PLUS VRAIMENT UN JOB D'APPOINT. J'AI DÉMISSIONNÉ DE MA BOÎTE.

EKSAM> T'ES VRAIMENT PAS CHIÉ, TOI ! (LOL !)

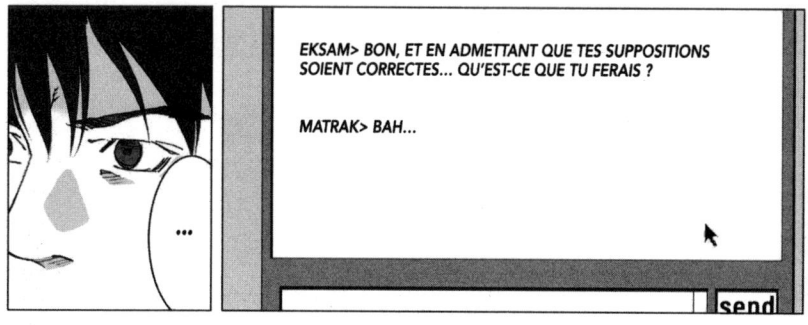

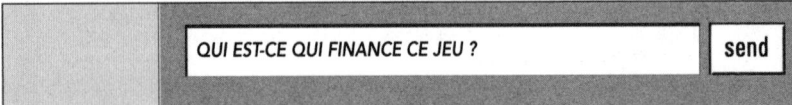

NUMÉRO 2051, ÉLIMINÉ !!

ATTENDS, ENFOIRÉ !!

NON !!!
MES JETONS !!

IL SE BARRE !!

LES FLICS, APPELEZ LES FLICS !!

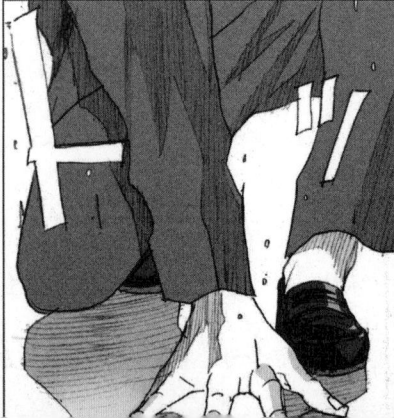

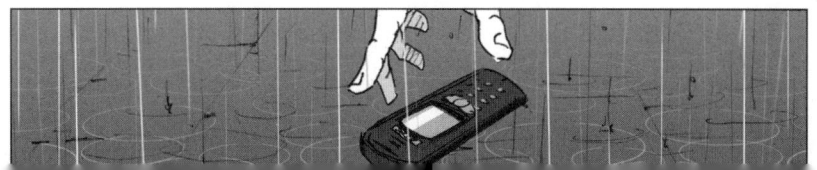

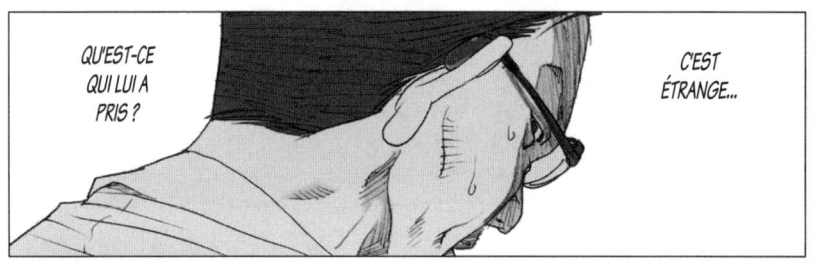

The network survival game
DUDS HUNT

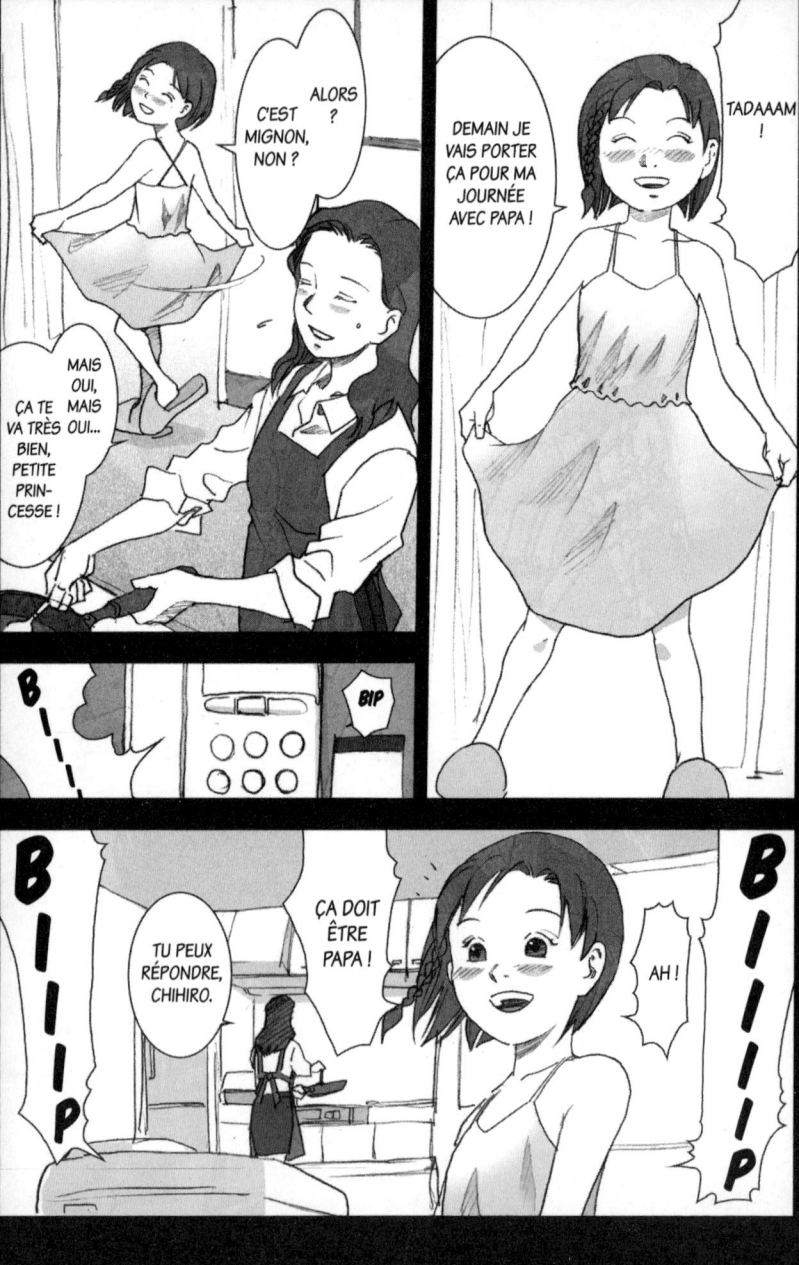

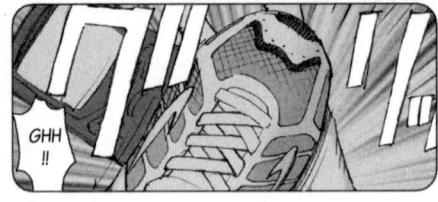

24 000 YENS...

ÇA FAIT 8000 PAR PERSONNE.

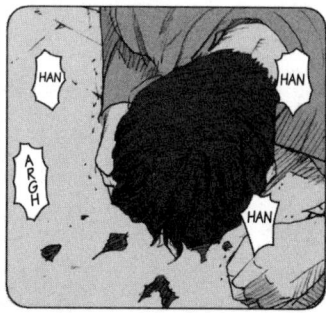

HAN

HAN

ARGH

HAN

HAN

HAN

HAN

BIP

GHH...

OH...

T'AS DU BOL, J'AI JUSTE CE QU'IL FAUT !

YOSHIKI, T'AS PAS 2000 YENS POUR FAIRE LA MONNAIE ?

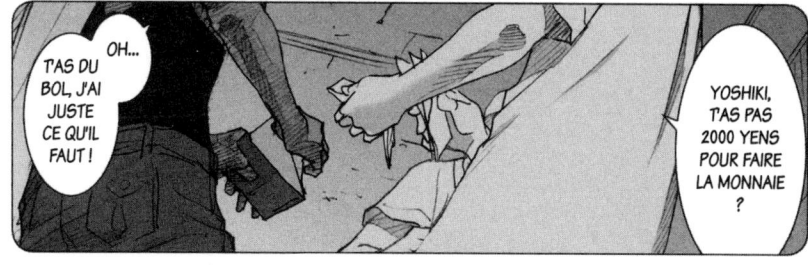

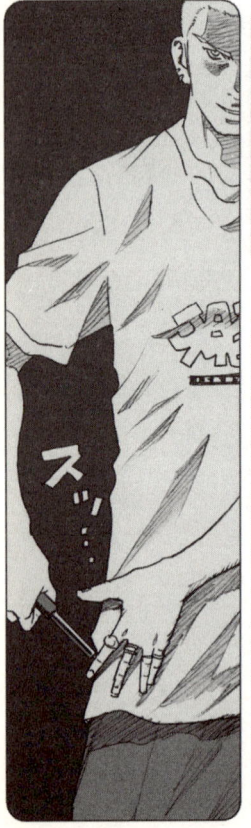

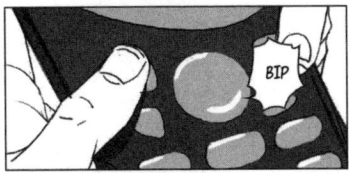

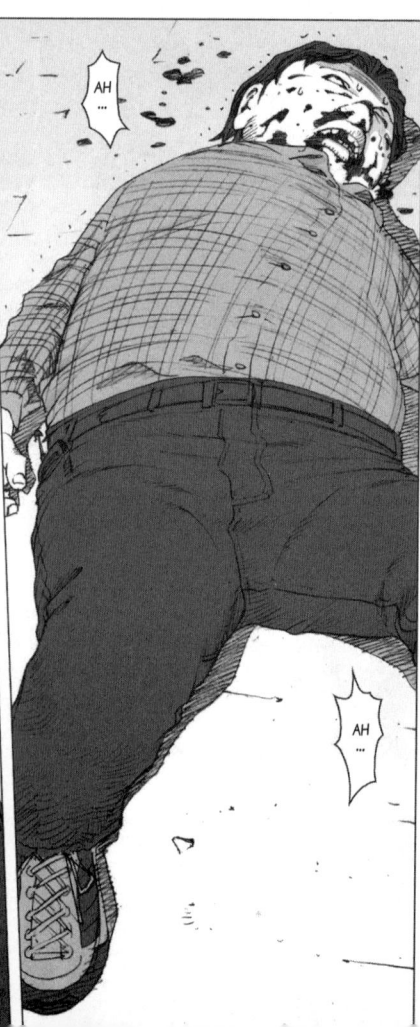
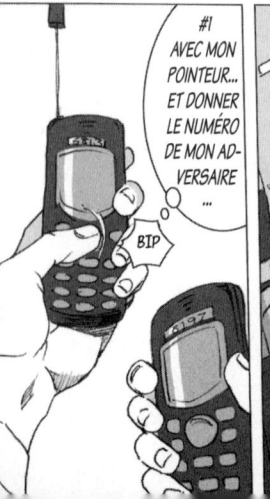

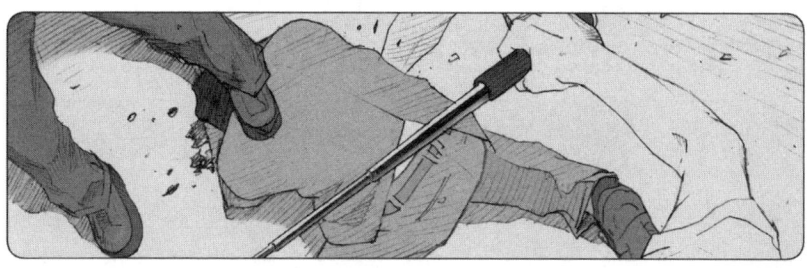

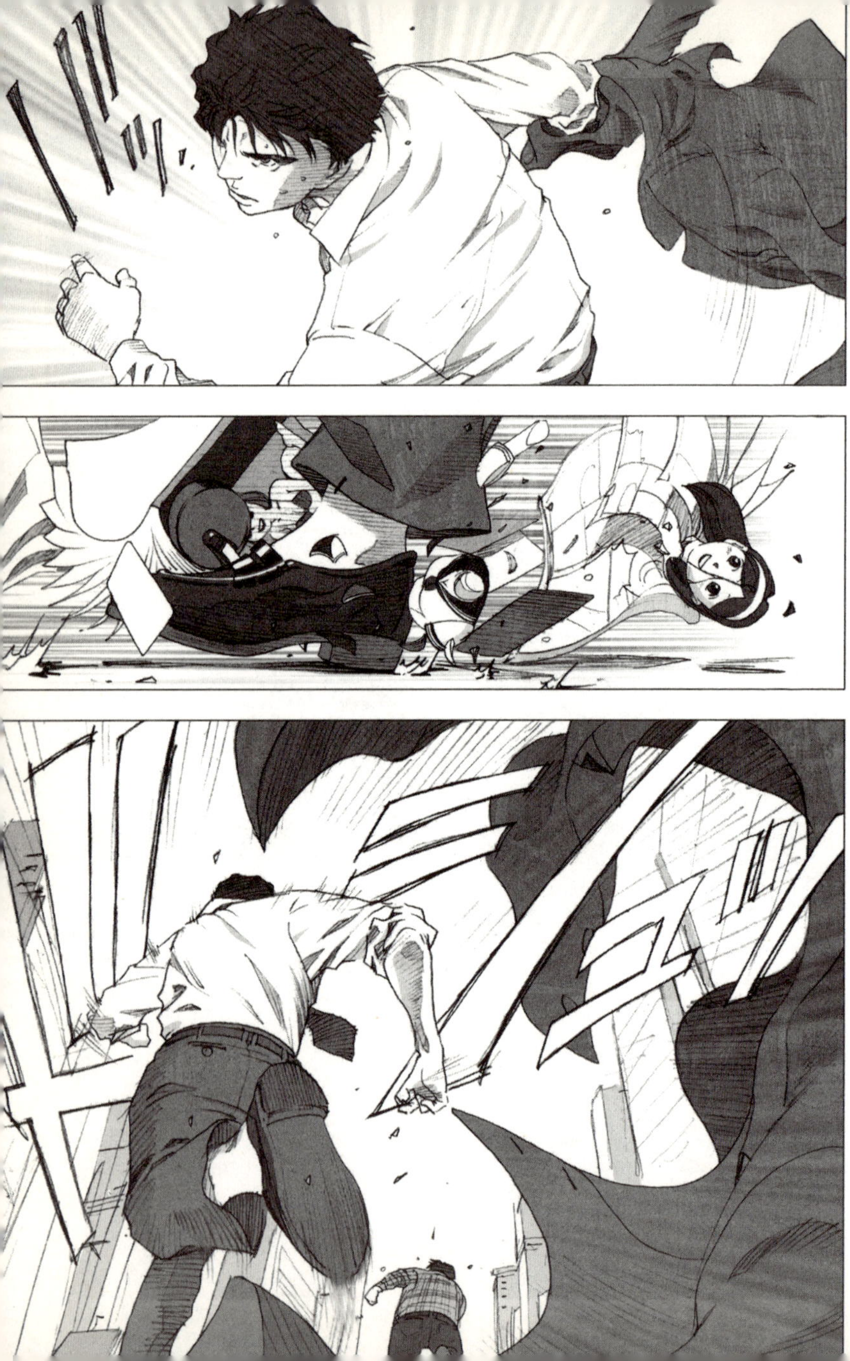

JE TE LE PRENDS DE FORCE !

QU'EST-CE QUE TU CROIS...

NOOOOON!!!

SHRR...

GHH...

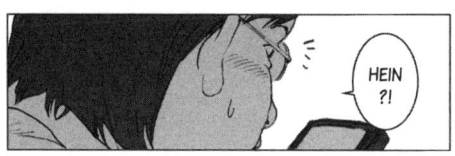

| HEIN ?! | CRRRR | BIP |
| C'EST TOUT ? | CRRRR | |

BOM BOM

A...

ALORS ÇA A COMMENCÉ ?!

DUDS HUNT...

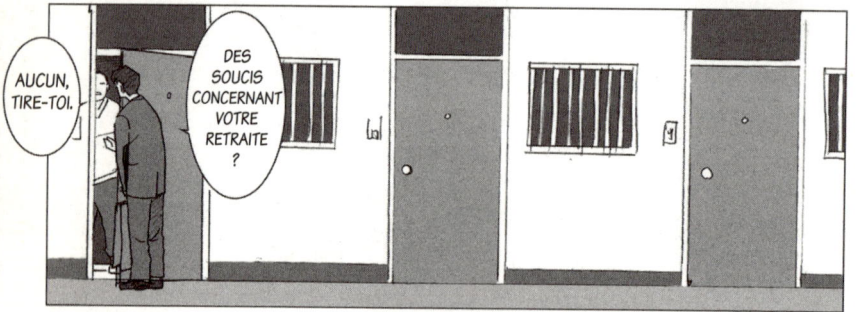

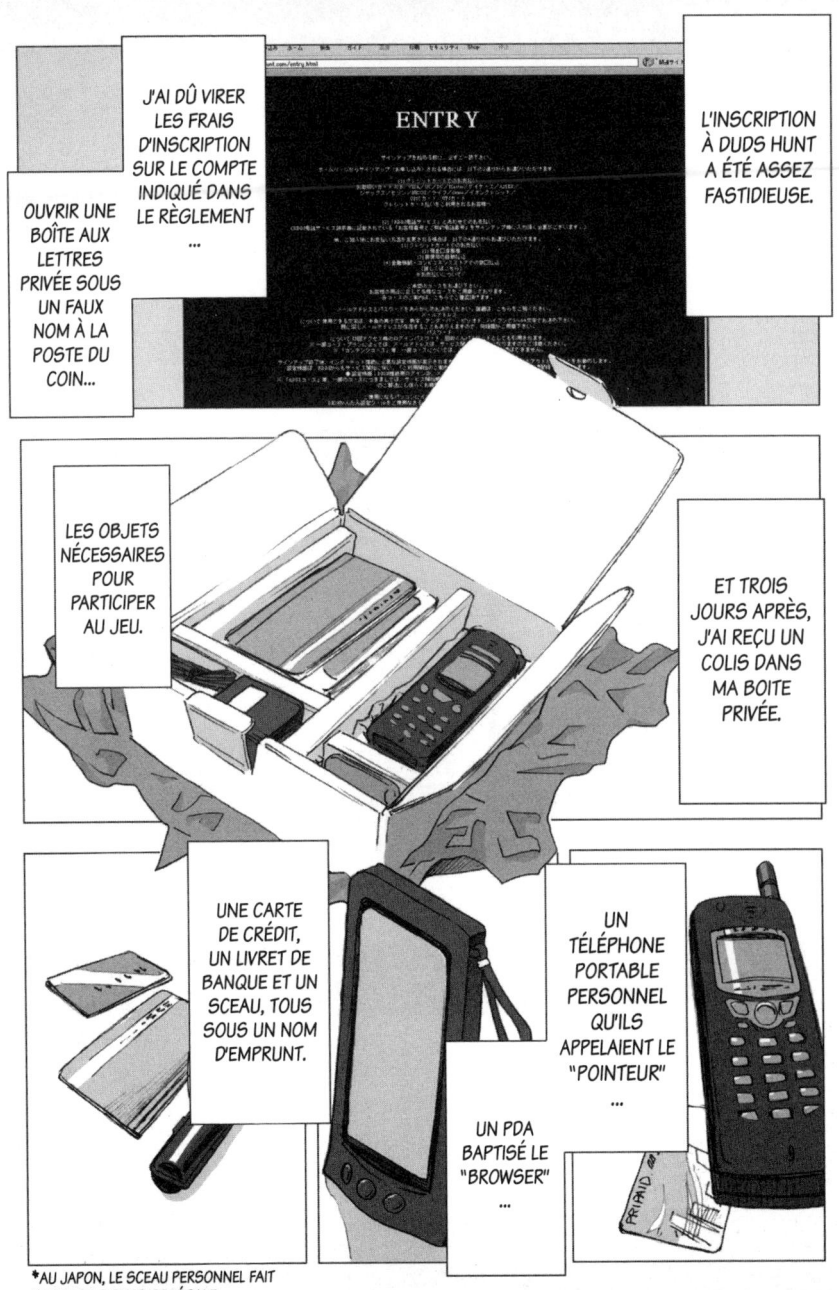

DUDS... HUNT?

MATRAK> DÉSOLÉ, MAIS JE N'AI PAS LE TEMPS DE FAIRE MUMUSE.

EKSAM> ET SI JE TE DIS QU'IL Y A DES THUNES À SE FAIRE ?

MATRAK> DES THUNES ? COMBIEN ?

EKSAM> 100 000 YENS* EN DEUX HEURES AU BAS MOT.

EKSAM> PLUS D'UN MILLION SI TU TE DÉMERDES BIEN.

* 100 000 YENS = 750 EUROS ENVIRON

EKSAM> T'EN SAURAS PLUS SI TU VAS ICI :

http://www.dudshunt.com/

EKSAM> OUPS, ET ÉVITE DE BALANCER TON IP. ON SAIT JAMAIS.

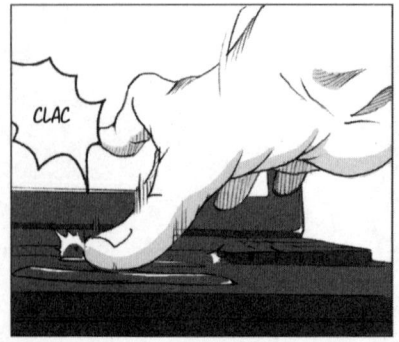

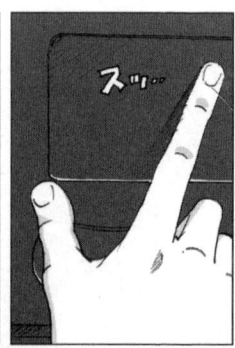

EKSAM> HÉHÉHÉ, TU T'ES ENCORE FAIT ENGUEULER ?

MATRAK> FRANCHEMENT, IL ME LES BRISE CE VIEUX CON.

MATRAK> IL SAIT D'OÙ JE SORS, ET IL ME POUSSE À BOUT.

MATRAK> IL SE DOUTE BIEN QUE JE NE TROUVERAI JAMAIS DE BOULOT AUTRE PART SI JE DÉCONNE.

EKSAM> DIFFICILE DE LUI DEMANDER UNE AVANCE DANS CES CONDITIONS^^

MATRAK> UN JOUR JE VAIS LE TUER, C'EST SÛR.

EKSAM> WAOUH, T'AS LA RAGE ON DIRAIT^^

MATRAK> ...... JE VAIS PEUT-ÊTRE VRAIMENT LE BUTER.

MATRAK> ...... JE VAIS PEUT-ÊTRE VRAIMENT LE BUTER.

EKSAM> ÉCOUTE, JE CONNAIS UN PETIT JEU QUI POURRA TE SERVIR D'ANTISTRESS.

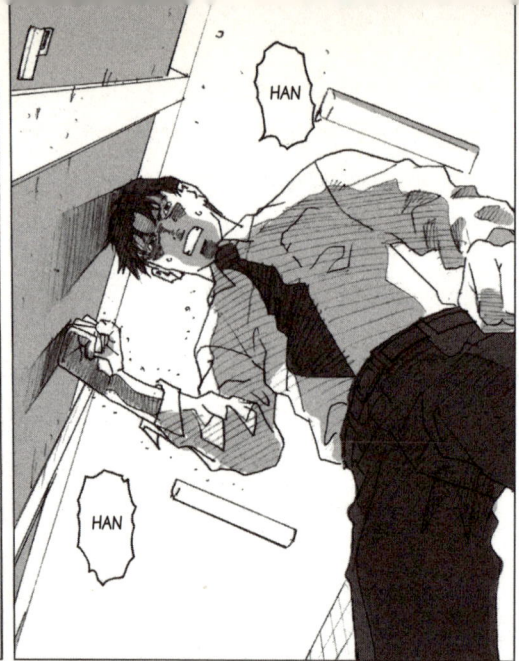

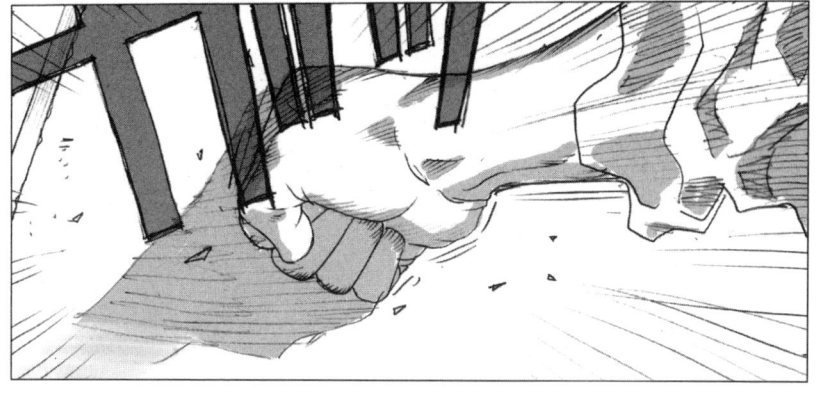

*ASSURANCES-VIE HINATA

NAKA-NISHI !!

TU NE MÉRITES PAS TON SALAIRE !

T'ES MÊME PAS FOUTU D'ARNAQUER UN VIEILLARD ?!

EST-CE QUE T'AS VRAIMENT ENVIE DE BOSSER ?!

ENCORE UN MOIS OÙ TU N'AS RIEN FOUTU !!

DÉSOLÉ...

DÉ...

CE QUE JE VEUX, C'EST DU CHIFFRE !!

J'EN AI RIEN À FOUTRE DE TES EXCUSES !!

The network survival game
DUDS HUNT